당나귀 알

글 송종호 | 그림 이정은

옛날 아주 먼 옛날에 있었던 일입니다.
어느 시골 마을에 농부 한 사람이 살고 있었어요.
그 농부는 마음씨가 무척이나 착했지만
행동이 느리고 조금 어수룩한* 데가 있었어요.
그래서 사람들로부터 종종 웃음거리가 되는 일이 많았어요.

*어수룩하다 : (하는 짓이나 말이) 약삭빠르지 않고 순진하고 너그러움.

어느 날이었어요.

농부의 아내가 농부에게 베* 한 필을 내주며 말했어요.

"장에 가서 이 베를 팔아 살림살이에

필요한 것을 사 오세요."

농부는 베 한 필을 등에 메고

터벅터벅 장으로 걸어갔어요.

그리고 이 가게 저 가게를 기웃거렸지요.

*베 : 삼실이나 무명실·명주실 따위로 짠 천.

농부는 시장 구경을 하는 데 정신이 팔려
장이 끝날 무렵에야 겨우 베를 팔았어요.
"이 돈으로 무얼 산담?"
농부는 돈을 짤랑짤랑 흔들며 중얼거렸어요.
장사꾼들은 하나 둘 돌아갈 준비를 하고 있었지요.
"이런, 서둘러 물건을 사야겠군."
농부는 이곳 저곳을 허둥지둥 돌아다니다가
수박 장수 앞에서 걸음을 딱 멈추었어요.

"검은 줄이 그어진 이 둥그런 것이 도대체 무엇이오?"
농부는 눈을 동그랗게 뜨고 수박 장수에게 물었어요.
농부는 이제까지 수박을 한 번도 본 적이 없었어요.
'수박도 모르다니, 이런 얼뜨기*가 다 있나!'
수박 장수는 속으로 비웃으며 농부를 모른 척했어요.
농부는 궁금함을 참지 못하고 다시 물었어요.
"여보시오, 알처럼 생긴 이게 뭐냐고 묻지 않소?"

*얼뜨기 : 다부지지 못하고 어수룩해 보이는 사람.

10

"보면 몰라요? 당나귀* 알이지 뭐긴 뭐겠소!"
수박 장수는 퉁명스럽게 말을 내뱉었어요.
"방금 뭐라고 했소? 당나귀 알이라고요?
그럼 이 알에서 당나귀가 나온단 말이오?"
수박 장수는 어이가 없어 얼렁뚱땅* 둘러댔어요.
"달걀에서 병아리가 깨고 나오듯이
당나귀 알이니 당연히 당나귀가 나오겠지요."
그런데 농부는 정말로 그 말을 믿고 말았어요.

*당나귀 : 말과의 집짐승으로 몸집이 말보다 작으나
　　　　　힘이 세고 잘 견디어 부리기에 알맞음.
*얼렁뚱땅 : 슬쩍 엉터리로 어물거려 넘기는 모양.

농부는 수박 앞으로 바짝 다가앉으며 물었어요.

"이 알을 어떻게 해야 당나귀가 나오지요?"

'이 양반이 정말로 당나귀 알로 믿고 있잖아.

심심하던 참에 잘 됐다. 좀 놀려 줘야지.'

수박 장수는 시치미*를 뚝 떼고 말했어요.

"이 알을 이불로 싸서 따뜻한 아랫목*에 두면

사흘 뒤에 당나귀가 나올 거요."

*시치미 : 짐짓 알고도 모르는 체하거나, 하고도 안 한 체하는 태도.
*아랫목 : (구들을 놓은 방에서) 아궁이 쪽에 가까운 방바닥.

농부는 베를 판 돈으로 당장 수박을 샀어요.
"이렇게 귀한 물건을 사다니, 정말 운이 좋은걸!"
농부는 싱글벙글 웃으며 집으로 돌아왔어요.
농부의 아내가 수박을 보자 궁금해서 물었어요.
"그게 뭐예요? 참 이상하게도 생겼네!"
농부의 아내도 수박을 처음 보는 것이었어요.
"이게 바로 당나귀 알이오."

16

농부는 아내에게 당나귀 알을 사게 된 사연을
자랑스럽게 이야기했어요.
그러고는 이불로 당나귀 알을 둘둘 감쌌어요.
"여보, 어서 방이 뜨끈뜨끈해지도록 불을 땝시다.
빨리 당나귀 새끼를 봐야지 않겠소."
아내는 부엌으로 달려가 급히 불을 지폈어요.
"히히히! 우리는 곧 부자가 될 거야!"
농부 부부는 당나귀 알을 애지중지* 살살 다루며 좋아했어요.

*애지중지 : 매우 사랑하고 소중하게 여김.

19

뜨끈뜨끈한 방 아랫목에 이불로 싼 수박을 두었으니
그 수박이 어떻게 되었겠어요?
시간이 지날수록 집 안은 온통 수박 썩는 냄새로 가득했어요.
"왜 이렇게 지독한 고린내*가 나는 거예요?"
아내가 코를 쥐고 묻자, 농부도 코를 막으며 대답했어요.
"당나귀가 나오려면 이 정도의 고생쯤은 참아야 해요."
그렇게 사흘이 지나갔어요.

*고린내 : 곯은 풀 냄새와 같은 고약한 냄새.

"어디 당나귀가 나왔나 한번 봅시다!"
농부 부부는 수박을 싼 이불을 들추어 보았어요.
물론 수박은 모두 곯아* 있었지요.
"아니, 이게 어찌 된 일이야?"
농부는 고개를 갸웃거렸어요.
"당나귀 알이 왜 썩었을까? 불을 너무 때서 그런가?"
"얼른 갖다 버려요. 더 이상은 못 참겠어요!"
아내는 속이 상해 소리를 꽥 질렀습니다.

*곯다 : 속이 썩어서 상하다.

농부는 당나귀 알을 가져다가
덤불* 속으로 휙! 하고 던져 버렸어요.
그 순간 덤불 속에서 새끼당나귀 한 마리가
히히힝! 소리를 지르면서 뛰어나오지 않겠어요?
"당나귀다, 새끼당나귀가 나왔다!"
농부는 환호성을 지르며 당나귀를 끌고 집으로 돌아왔어요.
"내가 뭐라고 그랬소?
알에서 당나귀가 이렇게 나오지 않았소."
농부는 아내에게 의기양양*하게 말했어요.

*덤불 : 엉클어진 얕은 수풀.
*의기양양 : (바라던 대로 되어) 아주
　　　　　자랑스럽게 행동하는 모양.

24

사실 그 당나귀의 주인은 따로 있었어요.
뒤늦게 당나귀가 없어진 것을 알게 된 진짜 주인이
이 동네 저 동네로 당나귀를 찾아다녔어요.
"혹시 우리 당나귀를 보았나요?"
하지만 만나는 사람마다 고개를 내저었지요.
"도대체 이놈의 당나귀가 어디로 간 거야?"
그 때 히히힝! 하고 당나귀 울음소리가 들렸어요.
바로 당나귀 알을 산 농부네 집
마당에서 나는 소리였지요.

"아니, 우리 집 당나귀가 왜 여기 있지?"
당나귀 주인은 자신을 알아보는 당나귀를 쓰다듬어 주었어요..
"여보시오, 아무도 없소?"
"누가 나를 찾소?"
농부가 방에서 엉거주춤* 나오자
당나귀 주인이 다짜고짜 화부터 냈어요.

*엉거주춤 : 선 것도 아니고 앉은 것도 아닌 자세로 주춤거리는 모양.

"어서 내 당나귀를 내놓으시오.
남의 당나귀를 허락도 없이 끌고 가다니……."
"무슨 소릴 하는 거요? 이 당나귀는 내가
장에서 돈 주고 산 당나귀 알에서 나온 것이오!"
농부도 지지 않고 소리를 질렀어요.
기가 막힌 당나귀 주인은 마을 사람들을
불러 모아 물었어요.

"이 당나귀가 우리 집 당나귀가 낳은 당나귀일까요?
아니면 당나귀 알에서 깨어난 당나귀일까요?"
사람들은 하하하! 웃음을 터뜨렸어요.
"세상에! 알에서 나오는 당나귀가 어디 있어?"
당나귀 주인은 씩씩거리며 당나귀를 끌고 가 버렸어요.
농부는 그제야 자신의 어리석음을 깨닫고 몹시 후회했어요.
'내가 너무 세상 물정*을 몰랐구나!'
그 뒤로 농부는 세상일을 하나씩 배우며 열심히 살았답니다.

*물정 : 세상의 이러저러한 실정이나 형편.

31

당나귀 알

내가 만드는 이야기

아이들이 들려 주는 이야기를 들어 본 적이 있나요?
그 이야기 속에는 아이들의 무한한 상상력과 창의력이 담겨 있음을 발견하게 될 것입니다.
번호대로 그림을 보면서 앞에서 읽었던 내용을 생각하고,
아이들만의 상상력과 창의력이 표현된 이야기를 만들어 보게 해 주세요.

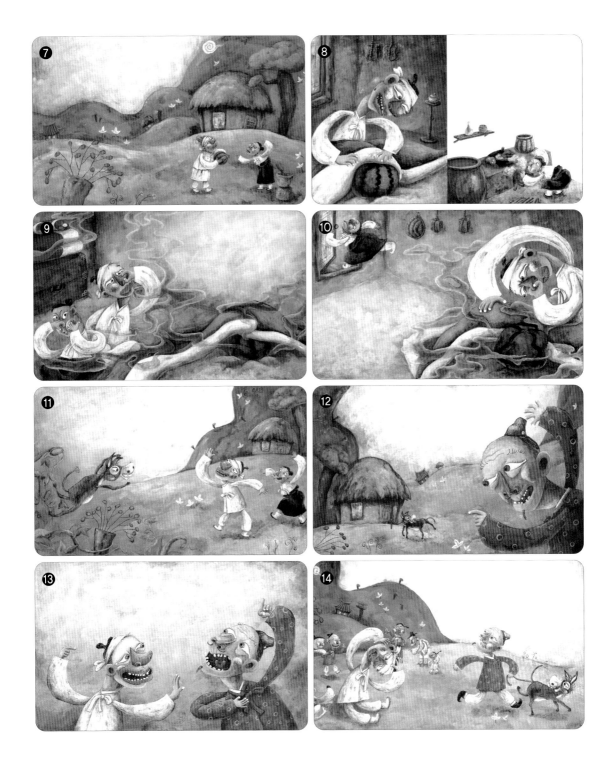

당나귀 알

옛날 옛적 어리석은 농부와 당나귀 알 이야기

〈당나귀 알〉은 어수룩한 농부가 수박 장수에게 속아 넘어가 수박을 당나귀 알로 잘못 알고 소중하게 품는다는 재미있는 옛날 이야기입니다.

농부를 속인 수박 장수의 행동도 괘씸하지만, 속임수에 단박 넘어가 수박을 소중하게 아랫목에 모셔 둔 농부의 모습이 더욱 우스꽝스럽고 한심스럽기까지 합니다. 그런데 공교롭게도 썩은 수박을 버린 곳에서 새끼당나귀가 뛰어나왔지 뭐예요. 어리석은 농부는 이것을 보고 당나귀가 알에서 나왔다고 굳게 믿고 맙니다. 하지만 진짜 당나귀 주인이 나타나고, 가난한 농부 부부는 사람들에게 비웃음만 사지요. 그 뒤 농부는 어리석음을 깨닫고 많은 지식을 쌓기 위해 노력하며 열심히 세상을 살아갑니다.

이 이야기는 짧은 경험과 얕은 지식으로 사물의 옳고 그름을 판단하는 것은 위험한 일이라는 교훈을 전해 주고 있습니다.

모르는 것은 부끄러운 일이 아닙니다. 오히려 모르는 것을 아는 체하는 것이 더 큰 부끄러움을 낳고 비웃음만 사게 되는 행동입니다. 여러분도 항상 새로운 것을 알고자 하는 의욕을 가지고 열심히 공부하고 많은 경험을 얻도록 하세요. 그럼 지식이 쌓이면서 하나 둘씩 늘어 가는 앎의 기쁨을 느낄 수 있을 것입니다.

▲ 새끼를 낳아서 젖을 먹여 기르는 당나귀.